晨露

尚同 著

九州出版社
JIUZHOUPRESS

图书在版编目（CIP）数据

晨露 / 尚同著. -- 北京 : 九州出版社, 2020.11
ISBN 978-7-5108-9778-8

Ⅰ. ①晨… Ⅱ. ①尚… Ⅲ. ①诗集－中国－当代
Ⅳ. ①I227

中国版本图书馆 CIP 数据核字（2020）第 220038 号

晨　露

作　　者　尚　同　著
出版发行　九州出版社
地　　址　北京市西城区阜外大街甲 35 号（100037）
发行电话　（010）68992190/3/5/6
网　　址　www.jiuzhoupress.com
电子邮箱　jiuzhou@jiuzhoupress.com
印　　刷　武汉市卓源印务有限公司
开　　本　787 毫米 ×1092 毫米　32 开
印　　张　2.75
字　　数　18 千字
版　　次　2021 年 1 月第 1 版
印　　次　2021 年 1 月第 1 次印刷
书　　号　ISBN 978-7-5108-9778-8
定　　价　46.00 元

这些诗送给养育我的父母，
让我青春无忧

(一)

我想象我的爱情像樱花一样枯萎
转瞬即逝的美丽让人诧异却不会因为凋零而生畏
之后的日子将再继续窥究春天的味道
最终散落于山涧，死在无忧无虑的青春里

（二）

我在午夜，选择重生
黑色的夜幕附和着我
选择不去沉睡因为沉默
留下的几句空白是空洞的神色
你的爱是说出来的语句
让我不断揣摩
得不到真相的线索被现实打破
深处的秘密把你我隔阂
落魄的样子彷徨失措
愿意相信的是我
愿意陪伴度过漫长的墨色
愿意被遗忘的是我
是我最孤独的寂寞
难以把控的错觉不能原谅
只能默默把受伤的痕迹遮没
如果拥住你的腰肢能够挽留
那把我心劈碎的时候
你可曾想过
我选择在这个清醒的早晨入睡
否则受伤的人是我

（三）

这条路上

你与我渐行渐远渐无声

渐渐变成蹉跎

若是他日的风华不能把路铺落

这颗舍利无疑是死后也安息不得

把骨灰撒作白雪纷纷落入心头

灰色的灵魂没有办法解释悲伤

是夏日的火热把心灵炙干

抑或无法缠绵的思念即将死亡

这条路上

你与我

水阔鱼沉何处寻真

默默把酸涩收拢

清风不得在此处留下痕迹

世间不靖

(四)

或许那一瞬间我自认了解人间的喜怒
把淡淡的叹息和寂寞当作两者的结合
与空气的颤动一同落寞中迷失于光阴
缓缓倒入那属于空虚的心脏之中
把余下的温柔当作锁链尝试挽留
那一丝丝我的真挚和不属于我的执着
或从眼眸从阻隔的那头看到我的倒影
或一同可惜岁月将蹉跎
年轮刻上的不只是时间
又是一段无止境的恋念
与不可预测的缘分相迷惑

（五）

车的速度很快，快到人的动作都被停格
如果可以，我想速度就这么快下去
在这长路之中，哪怕只见得一秒
我也只想看见你最美好的一面
恐惧的是我会衰去，你会变化
但衰去又怎样，我只想看那个瞬间
我只想那个瞬间去感动我

（六）

我即将褪去的颜色里
有你被伤过的紫色
尊贵的不是颜色而是选择
被烈焰炙烤的黄昏中
拥抱你的红唇
那是鲜血不曾比拟的苦痛
夺走你生命最后的欢愉
或是深夜的漆黑做噩梦时
梦魇不能企及的墨色
亦是破晓的庄严肃穆中
拥吻你的妩媚
用尊严交换的粉红诱惑
掠取你命运初始的喘息
把寂寥的灰撒在你的脸颊上
或许是你错把一生的热情当作短暂停留

（七）

夜曲 No.2 in E-flat

与各个凡人沉醉于键盘的迷醉中

落寞的背影与黑键相媲美

纯洁的梦想似乎白键的空玄

突然错拍的人生让你恍惚

接连一串快速地弹跃让你措手不及

如何将你的故事告知

想回到这首夜曲的最初

让缓缓的节奏在复杂前带走

带走你的温柔与记忆

带走你的灵魂与躯体

落下你的烦闷与卑微

键盘的敲击声渐渐

沉迷于你的灵魂之处

戳中的是你的混乱

打碎了你不堪的思想

把夜晚里的激动和喜悦带回你的脑中

轻叹这首曲子的奥妙不能诠释

不能诠释生活的觊觎

不能诠释你的内心深处的秘密
然而是你不懂钢琴的曲
是肮脏代替了你
你已不再宁静
随着钢琴一连串的演奏
缓缓地落去
帷幕将成为你的遮蔽
其实他和你一样
都是被时代所吞噬的人
因为残缺而显得格外完整的人生
都将散落在人间

（八）

如果今夜还有留念

明天就让东风吹去残缺

不必在意是谁留影

只道是散聚因缘

（九）

一个晚夏，热到极致让人酥麻遗忘烦恼的时候

浅浅地笑，知道可能回程的路上不会再有你

那么请安逸，也无需激动，只道是寻常巷陌，路走尽头，胡同已死

（十）

车子是没有清洗的

灰尘和刮痕相互交织

渗透，渐渐清晰

明了了落魄和辉煌

承载的潦倒和璀璨

米兰的角落

（十一）

如果我命不久矣

是最后的喘息和挣扎

如果我即将离开

那或许可以把我的故事传递

透过厚厚的帘幕

把多余的东西披露

将台前与幕后留给最美好的回忆

把台上的灿烂留住

将台下无数的掌声都与雨声停住

把安静的时间留给我

把平静留下

把你的平安与我相隔开

愿你一生幸福

而我可以选择沉默

（十二）

似乎又一次复杂

每次拖入的时间似乎重拾错误

百出的漏洞，闪躲在语言间，迷宫般迷路

过错

再次发现

风尘记忆中相似的重重

（十三）

胃液翻滚出嗓子时灼烧声带

室息

受不了肺腔沉默

想要活下去

欲望

闭气抽噎之时味道杀死理智

撕裂

抓不住喉咙感觉

想要沉下去

欲望

鼻腔带走唾液分泌出的迷茫

理智

带不出耳腔共鸣

想要吞下去

欲望

怎么了自己的欢愉，麻痹了可耻的良知

（十四）

山在远处

是橄榄色的

在这里见不到的海

你是什么颜色的

是暖意的心色

是冷凉的面色

是粗糙的情色

可能是忘记我的夜色

山是平静的

是橄榄色的

是我想你的颜色

（十五）

朝朝之时
了解难处
空中风信未归
何时懂你
暮暮之夜
怅望星辰
谁于风露中愁
夜为情难

（十六）

立秋之时，仍感不到秋的味道
左畔江岸，夏末的热使人烦躁
右畔行人纷纷，熙熙攘攘不安
夏秋渐漠，囫囵成一个模样
纷纷扰扰的感觉，使色彩斑驳了心涩

（十七）

除去物是人非
发色已改
他日爱与否
此时嗟叹
去留无异常态
情欲不过一时
谁人在乎陪伴
弱水只取一瓢饮
也落得沉底而亡
再相遇山茶花已开

（十八）

夏日里不屑

非亲非故

虚妄不实为之气结

全都是期望

满满的愁

何故如此

推算时日

不多时

望能发觉

（十九）

四年的夏末初秋时节，物是人非之后又有多少记忆可以使人感到彷徨

灼阳之日，期盼清冷之时。泠冽之时，又念胜日天气

今天做的一切不去后悔，想过的一切不去期盼

静静地享受自己的忧愁和烦恼，缓缓拂平自己的焦躁，着屐行路之时不感痛楚

只希望你也在找寻自己的路上，看得到路边风景，不会因为繁忙而无助，不会因为琐碎而仓促

请你也举杯。这是流年里流转的目光灼灼而生辉之日里幸存的故事

（二十）

走得越慢，看到的风光越多

风吹拂之时，炎热皆会散去

快步向前，忽略路边风景后

炎热渐长，难以言喻闷着的苦恼

（二十一）

鱼腹白，天际挣扎出最后一丝光
路上是静的，我的身形如垂垂老叟
行得端正却走得漫长
小湖上有水虫，都在活着
然而皆有意义
我坐于湖畔，听得风与人言
听得虫鸣与人言
寂静。我不去想，又有何物可以打扰

（二十二）

如果可以，我想用手中的这杯清酒洗刷的不只是不安，或许更多的是对你的感情

请注意保护自己，因为当爱不能无法自拔之时，剩下的只如樱花的残瓣，虽美却已逝去意境

最美之时不曾相拥，散落之时不曾挽留，三生石上留下的痕迹也不是你我的影子

错怪在路上，错怪在心里，错怪在岚山蝉鸣声是夏日不是秋季

怪就怪错了的时节没有下雪，却是狂风骤雨打翻了溪上我的扁舟

（二十三）

在夜雾中寻找过的光，似乎有光环，有美感
然而划过天际之边后，净看是赤裸的
过于耀眼的，没有遮掩的
这让该有的轮回失去其自由
我该如何去幻想

（二十四）

黄泉路上的你
是黄昏过后的平淡
落寞的感觉使繁华尽落
起起落落的大日灼烈
模仿你的身形逐渐消瘦
是光的最后一点期盼
在落幕时溅落的是黑暗
洒满你脸颊的是泪水
错把亏欠当成自己的害怕
此生路上走过的路途
怎样搓洗都去不掉的污渍
一刻刻瞬间涂上的责备
和乱糟糟的头发
若洗去一时的颜色
却需要一生的时间
拿来作为你的代价

（二十五）
她

她似炙热的白光
暴露的过往
把时间换做言语的方式去爱去堕落
她似玻璃碎前的天空
抚着的碎纹不能割破指尖
流不出血的伤口又有几个人懂得她的心中苦痛
如果歌唱能使这些都变得渺小
何不把悲哀换做深夜的彷徨
畅想如果
如果自己能够选择
如果可以活作自己想要的生活
可惜被狭隘束缚的不止那一点时间
也有那些来来往往的灵魂
无法真的懂得
一言一行都将曝光在这几寸的地方
渗透不出去的是她
被蜇伤的是她
夹在缝隙中放弃的也曾是她

她是你追逐的灵魂
空虚是你的错
但光鲜的外表又几时曾填满她的心脏
她是她不曾了解的灵魂
无知是你我的错
但夜深人静之时的舞动过后
人们可曾为她的美丽动容

（二十六）

如果你的人生如同你的思想一样狭隘

何不放下心中的芥蒂

抚平嘴唇上的糙燥

真正地做回原来的模样

（二十七）

我想用手中的这杯清酒洗刷不安

或许更多的是悸动之余的落寞

因为当爱不能无法自拔之时

剩下的只如樱花的残瓣

虽美却已逝去其意境

最美之时不曾相拥

散落之时不曾挽留

三生石上留下的痕迹也不是你我的影子

错怪在路上，错怪在心里

错怪在岚山，蝉鸣声是夏日不是秋季

错怪在错怪了的时节没有雪景

却是狂风骤雨洗去了山路上我的足迹

（二十八）

雨于不期中落下，拂去尘埃和燥热
秋意起时的小雨，不能湿透我的眼睛
只有慢慢将眼帘眯起，松弛的是该紧紧相拥之时

（二十九）

她太过绚丽

燃烧的原来是未来的一切

充满禁断的璀璨

光芒在灰烬中逐渐变得真实

阵痛也自然是存在

然而只是没预料中那么无辜着

那简单的过去了

加快枯萎的速度让绽放变得龌龊

氧气耗尽之后

焦炭般的残留留下股股烧焦的味道

不断地提醒

她和他曾经闪光到其他景色都黯然过

（三十）

想起当初挽留之时
彼时决绝于此为难
不晓当初为何这般
只道是山水之尽头
天边的晚霞之落幕
那急促的离去
宝贵而不舍
忧郁却必须遗弃
期待下次相逢

（三十一）
送给詹姆斯的歌

生命中最不可忽视的就是身边的奇迹
指缝间最不可思议的就是诧异的机遇
寻找着生命中最相信的那一段缘分
生活里最不可辜负的就是心中的希望
指尖上最不可触及的就是柔软的时光
转角过后发现原来她就在红线一边
透过光辉的缠绕着的机缘
这是故事即将开始的地方
不论又有怎样的过去
都是命运将故事安排
或许曾经的缘分此时已是迷茫

（三十二）

我选择和你走相反的方向
却有着共同的期望
不在乎和世界有多少差距
只需要在天地间彷徨

（三十三）

我想我在颓废中寻找生命活着的意义
是否是这样的生活
是否可以被辞藻华丽来堆砌
它会是怎样的

默默地吞下一口柿子
在牙齿间咀嚼过的香味还存留
不过脆弱的口腔被脆生生的果肉划伤
是否美好的东西都也一样带有些许恶意
无端的责备它们也并非是好事

静静地躺在靠椅和箱子上
两个昂贵的装饰品组成的家的一部分
本来没有任何的联系
只是被我这满脑子都是享受之人没必要的联络
是否舒适的东西都也一样带着些许无奈
无端的依赖它们也并非是件好事

缓缓地度过这个早晨

在冷冷的空气中感受到冬

在没有时间概念的界定中感受寒冷

一切似乎离开时间变得没有任何意义

是否寂寥余生之物都也一样带着些许遗憾

无端的感叹他们也并非是件好事

我想我没有真的明白怎么去

去寻找 去爱 去了解

背着自我的报复

活着本我的欲望

忘记了自己存在的意义

迷失在日夜不停变换的日子里

迷茫且无助且无法被理解

自己慢慢封闭

自己慢慢接受

自己慢慢放弃

（三十四）

风乱时节遮掩出叶落之美

独行则安然不显孤独

潮起之时难掩住浪花之美

独行则清立不显黯淡

情乱时分不掩饰悸动之美

独行则孑然不显苦楚

（三十五）

如果我需要救赎

向天空祈祷

如果我需要打磨

向大地匍匐

如果这是黄昏的下午

向远方屈求

细腻的阳光带走最后一点痕迹

刹那间被云层掩盖住喧嚣

高贵的颜色逐渐消散

原来难以留住的

不是风景

是回忆

（三十六）

她

她似花而摇曳而不及时自赏
待到空折枝时又似悔不当初
她似水而清晰而不能够辨浊
待到旱无滴水又似悔不当初
她似风而透彻而不能够明了
待到枯林无响之时怎能回首
她也有迷恋她也似少女
她也有幻想她也似懵懂
她也有过梦她也有过梦
这梦似花似水似风
这梦孤独浑浊枯萎
这梦是曾经是过去是昨天
亦是明天今后未知
她有的是时间
少的是自由
多的是爱
少的是真情
愿她的上帝保佑她

（三十七）

这乃是冬季的回灵之处
清晨我让风在我耳鬓呼啸
卷起的发梢撩拨我的面颊
这是不容于别时的冷
他不是冷冽的单调
她不是复苏的清爽
他不是温柔的徐徐
她不是璀璨的豪爽
风在耳边打着转
带来些声音
带走些忧愁
带来些恍惚
带走些温度
被抚摸着
被推动着
不自然的
自然的
我不再思考
让风说话
这是富士山脚下

（三十八）

时光飞快流逝，白驹过隙，转眼间时间已忘记存在

生活不断变化，瞬息万变，转眼间光景已售出消亡

人在离去，我也无法不变，怪得失之间徘徊

新人来到，我可不能错过，问阑珊灯火之处

有几处不同，又似同，相问则个，为何唱诺而去

（三十九）
为别人所述

居于模糊和密集的不可控中
从媚俗所褪去的简单里记住
记住时间流逝后的真相
大白于心中如何记住过往
何时再做鸳鸯 何时才能比翼
何止是凌乱不堪 何止是忘记了期许

（四十）

回家的路上是属于一个人的
车子摇晃头脑晕眩也属于我
旁边的车道上的车辆带来气压
也属于我
被城市灯光污染的天空中的光
也属于我
汽车尾灯在黑暗中拉长的影子
也属于我
尾气残存在空气中残存的余温
也属于我
不管这个城市是否有另一个她
这个瞬间属于我
不管这个城市是否会把我记得
这个画面属于我
回家的路上隧道里的炽灯属于一个人的
你是否也选择我
是否黑夜不够柔和
是否温度不够深沉
是否你我的距离不够幻想
但我知道夜光里你远去的背影是属于我的

(四十一)

说是寂寞
不过是刹那间欲望的教唆
若是把玉佩碎成粉末
可否让我从中解脱
念珠的错
是百又八颗的路过
是百余次的蹉跎
把欲的盛情错当真我
经声的祸
几句箴言可否带我超脱
念一声阿弥陀佛
向往梦中佛国
几世轮回修行不得
为何误我
梦可曾预知来生的结果
可曾攀登极乐
可否告知我的罪过
再颂心经可能免得沦落
是否是前世的错

（四十二）

我的苦
是佛前的无助
曾几凡人得道无需苦楚
落得如此不堪，是世间的无助
是如来的现在，是禅坐的辜负
焚香的领悟作金钱之孽
削发的明志作海市蜃楼
弥勒笑佛可在笑我
怒目相对不能怪责
是我的迷茫让修行耽搁
是燃灯佛的过
是过去留下的错
是三世不能修成的极乐
是此方天地的过客

（四十三）

当我透过我的眼镜看世界的时候
总感觉身后有人跟随着我
褐色的天空和过往的汽车不能惊吓
喝退这身后的身影
让我惶恐却不会在路上感到孤单
冬季的纽约是凉透了心脾的
黑褐色的天空也不是干净的
车子的嘈杂亦不是音乐可以遮掩的
唯独路上的行人对我退避三舍
是否是身后的影子是否是那么的恐怖
所以不经意毛骨悚然
然而我回家的路上不是孤独的
是冷的 但是我是高大的

（四十四）

每个人都穿着又灰又黑的颜色
他们的衣服是沉重的
身体是疲惫的
灵魂是污渍的
走出的步伐也不轻快

这个地方充满了又纯又甜的颜色
它的承重柱是纯白的
地板是纯白的
楼梯是纯白的
祥云般的椅子也是纯白的

我也是这样的而又不一样的颜色
我的思想是深沉的
目光是探索的
感受是未知的
我的心里是对世界充满期待的

（四十五）
于京都岚山

他和她的罪过
何止是岁月的青葱
是世界带来的错
和错的爱混浊
似无知及堕落
似晚霞后的寂寞
承了年少的拙

（四十六）
于京都平安神宫

如果她被风吹落
还能似神佑
还能似初梦
如果他被风吹散
还能似执着
还能似春风
与白色砂子一同
散落腐化在
紫色符咒见证下
无人问津的承诺

（四十七）
于京都圆山公园

当初的你如这樱花一样

相似于梅 却无缘在冬季相遇

常有人寻 却无缘在冬季相见

错落分布 却无缘在冬季相会

（四十八）

在人山人海中在意梅花的声音

触不可及

来者不识音美只闻花香及色

略了冬时的浅浅

落时的热烈

（四十九）

日夜似箭如梭是咄嗟之间

少年和异乡大海于乖戾

月亮圆可曾梦于心田

回想在记忆之中

漫步茫茫人海

不知不觉间

这个十年

春已尽

夏已至

我的旅程

将告一段落

故土是否依旧

同样的那陈醋香

汾酒烈是否辣在心间

黄土与高坡风沙掩归途

天地如岁月是流年似家乡

（五十）

我于油桐花下等你
风至 人不见
只伤心如约

我于粉蔷薇前等你
香如故 未至
只悲伤如约

我于风信子边等你
浓郁依旧 人未至
只孤独如约

我于夜深时等你
月至 人不见
只萧萧如期

我于风华中等你
岁月往 人未至
只踌躇如期

我于青春之约等你
迷茫已逝 人未至
只人生如期

（五十一）

如果你还记得

那么我将永生铭记于心

如若你已忘记

无需责怪这等世间无常

将岁月作尘埃

留意时间奔流不止之骇

凛冽中作坦然

日月逝矣感叹岁不我与

将这喧嚣拟静

只留孤风吹散三千烦丝

皆是生命

（五十二）
离开纽约

我想在走之前再骑着单车绕呀绕
绕着这大大小小宽宽窄窄的城市
游一遍上上下下里里外外这春天
好好看看这个地方是个什么的模样
再看看回家路上有哪些人还在喧嚣
有哪些孤单寂寞又有哪些人被无视
游走于繁华与落寞宁静的肆无忌惮
看看路边风景是否如诗如画的飞扬
是否再看一遍不会遗憾不会错过
懵懂和单纯地在记忆中的路上
再好好看一遍商店里的人们
是否买到了那应得的快乐
是否这种喜悦多过那回家的车票
是否五光十色的珠宝闪亮了心门
是否光辉之后昏暗的灯光下乱了心神
放开手去拥抱自由之都带来的风
吹散了头发却依然清爽于发梢
闪过路边情侣透露出快乐的气息

不曾忘记心心相惜的暖意和思念
皆缓缓流入我心里变为轻快
眼睛似相机按下快门
让追逐与名欲都放弃迷乱我心神
敞开我心里的期许来穿梭去往
与这个梦中之都同为一体
最后看一眼这霓虹灯勾画的往事
钢筋水泥丛林中融化的青春故事
捡起散落于黑暗边缘于无形夜晚
让车子加速行着之快至忘记
忘记大道之上寻找回家的人们
忘记了街区之间等待梦想的人们
忘记了的是热爱自己与生活的人们
忘记了烦闷带来烦恼微冷的人们
忘记阶梯之前吐露心声的人们
全都缓缓起身跟着我带来的清风
在这个白天与黑夜交错不明的地方
融入了社会这个无辜的生命
零落了城市这个生命的意义
于零点前后忘记明日与今日
不颓废于深夜带来的伤感却

亦不必退缩于现实带来的痛苦
莫过于让缠绵的时间画上一个圈
这是纽约人存在的时间与风景
永远永远随着五月底的清风
随着清风托起属于我的单车
逐渐忘记那烦闷的冬季和夏季
逐渐已忘记那辛苦的生活与艰辛
春风拂过慰平心中的焦躁和不安
不慌不忙地散布在公园一角
看似乎悠闲自在享受生命的人们
感叹时间飞逝皆让人措手不及
翻起手机里存的旧照片，叹息
几年前度过的时光与当初遇见
感谢一样幸运能有我和你的羁绊
在这个季节带给我们都想起的往事
突然想起即将来临的离别之际
拥抱之时不舍也忍住哽咽
来年山花烂漫时节有我在你心里
不要忘记这生命中灿烂的回忆
这是一段用青春谱写的故事

（五十三）

离别之时，总有人问我是否会想念这里

说一句我一直想说的话

如果曾经相遇，那是三生的荣幸

如果彼此交际，那是十世的恩情

倘若你我彼此相拥，这是万年的修行

如今即将天各一方，却都能心存感激

这是三生石上翘首无期的期许

神的恩典，冥冥中的注定

再回想起那个问题

是否会想念这里

如果我的心里有你

怎会被束缚

我会想起你在我心里

记忆里的一切美好

等待下次的相聚

这是我手心里的痣

是旧时今世来生的约定

（五十四）
回国后的第一笔

唯独我永远自由

我将迷失于命运的交叉口

渴望着光芒的指引

然而却只能迷茫

是否能 4 过这路口

待到我永远自由

我于水火之间徘徊

彷徨与自我的救赎

渴望着远处的引领的声音

却只是靡靡而已

徒成累赘而不休

如若我能永远自由

褪去稚嫩和舒服

夺得一切名誉和荣耀

是否真的如愿成功

走上自己的交叉路

期盼雪中的火焰

温暖的是来时的苦

融化了去时的路

然而只是蜃楼

幻迷了我的世界

全都变成了冲动

只有我能永远自由

我将不为情所束缚

乱了心神的惶恐

彻夜无休的凌乱与忧愁

错认一时之心为永久

皆是涣散与矛盾的纷纠

难以抽身而退

不得不留下遗憾而难忘

那不是救人的双手

亦不是沙漠的甘泉

都是欲与不堪

全都匍匐于深夜

不能将故事置于身后

最后我将永远自由

山花烂漫时节

悠悠郁郁之时

不再颓于别人之口

（五十四）

我过活的是我的世界
记录我自己的心情
忘记了全部的忧
烦恼亦不存于我
何等的畅快
何等的幸运
只与他人不相同
走着的是一条他们不懂的
平凡之路
寻求的是那个根本未知的
自由

（五十五）
她

她是沦落的沙子，风吹起的时候扬起的是她的灵魂

散漫，不可追随，亦没有形态

她不是你手中攒住的沙子，她飘舞的源头是心灵，即使落下也似帷幕般灿烂

从手心散落的她，无法被捕捉，滑过肌肤

乘着风，于忧郁飘遥于身侧，却不能承载你的命运

她是沙子，是你遗忘后的温柔

她是沙子，是过去了就再不能轻抚的温柔

（五十六）

我暗自悲伤
与你的过去结下仇恨
在无端的黑夜里
仿佛青春永驻

我徒自彷徨
与你的故事根本无关
在截断的天空中
好似生命犹存

你的过去不曾拥有我的痕迹
你的故事也未曾将我记载
只在一瞬间仿佛回到那天

那天是个雨天
伞骨下两个身影曾经出现

（五十七）

他看向窗外的眼神中
有着希冀和期许
但车子似乎牢笼
将他牢牢困住
车窗似层狱墙
车椅是绳将他捆绑
入耳的词句腐蚀他的灵魂
随着时光的转载
他的自由还剩几何
引擎轰鸣之声带走残存
余温之中化作汗水和泪痕
轮子继续前转
碾压着岁月
消耗着青春
他的语气似乎坚定
是公式化的作用
他的灵魂被无数的人腐蚀
记载着无数次等待的日子
他的耳朵减去了空缺
留下的是重复的词语

（五十八）
她

她如果无人能懂，只等待那一个需要去聆听之人

在雷雨中被旋律带走

她是键盘上的琴键，是八十八个音所谱写的无数可能，纵使被人曾操纵，她的故事也有高和，也曾拥有低沉

沙哑的声线是她留下最后的余韵，若将她拥住，那消失于耳边的不是音准，而是灵魂，如果放手，那离去的不是自由，而是旋律的余温

她再次抬头，她想踊于黑白之间，踊在花的季节，风的眉梢，雨的季节，和云的朦胧

她是你听到的音乐，影影约约不曾被真的记录

（五十九）

当黑夜
是否意味着我的多余
难舍的记忆　不能化开隔阂
难忘的黑夜　是否缅怀过去
当黑夜
是否意味着你的游戏
你是否会回我的信息
你是否会失眠时想起
你曾答应我的事情
当放纵　变得无法控制
当自由　变得没有条件
当生活　变得不是你我
当爱情　变得灰暗无比
当黑夜
是否意味着隔阂
当黑夜
是否意味着失去
当黎明在迫近
我选择在等你
当黎明在破去
我决绝不再等你

（六十）

今天看你

有些许迷惑

少了镇定

可能是我的贪念

是我少了敬畏

是时间让我

褪去青春

是墨水的香味

是青涩的香气

是淡的回忆

是不舍的凌乱

是天地间的颜色变了

不似粉色的热恋

不似夕阳的平静

无清晨的忧伤

亦没有夜晚墨色的迷茫

天地间依旧是你的

唯独你最美

唯独我已不再寻找

昨日看你

有些许无奈

少了慷慨

可能是我的愚昧

是我的过错

是岁月的气

让我着迷

是墨的味

是苦味

是嘴中的模糊词汇

是不得安宁的零碎

是变了质的香味

是非本质的颓废

是无意识的矇昧

天地不再是你的

天地是你的玩物

是我的归宿

唯独你不在此处

唯独我离去得无助

（六十一）
桥段

今天我在桥下看风雪

如果明天不能如期而至

可否将此生遗憾尽皆遗忘

今日我于桥上看风月

如果此刻美好非我所愿

可否将来时美好保存如初

今朝我于桥首看风华

如果昨日黄花凋谢枯萎

可否回忆将错过风化剥削

今生我于桥尾看风霜

如果来世未曾能被许诺

可否轮回遗落让我无处逃脱

（六十二）

在我的幻想中

有些人可能只能痛苦地活着

断掉的肢体残撑余生

痛苦且麻木，不知前路

在这现实中

有些人可能活着只为了取乐

空洞的眼神透露无知

空虚且寂寞，不知前路

没落在人群中的你我他

奇装异服的少女无法起舞

独身的大叔目光油滑

嶙峋的少年似乎未曾果腹

都是幻觉，埋藏在暴躁的灯光中

外滩夜景里迷恋

（六十三）

当我的咽喉被我的诺言所梗塞

我选择相信痛苦带给我的力量

咽下这灼烧的世界

昨夜的醉意祈祷清晨永驻

绯色的夜晚是光，无法散尽的污渍

我的胸腔即将撕裂

于是我把余生的记忆锁在了你的眼中

（六十四）

我伫立着

于繁华和败絮之间的灰暗地带

愚昧不只是养料

或许是他们死后留下来的残骸

没有牌照的跑车上

在几乎黑暗的角落里

大门前的跑道上

人们和人们

相互交错开过的玻璃前

在无人的的士里

铁栅栏的隔绝中

人们和人们

我不能选择自己在哪个位置

被繁华的都市腐蚀殆尽的氧气

（六十五）

这个时间于过去或未来
迷离在晨晓与夜晚
和美好的擦肩而过
人的生命总将结束于一时
人们把悲伤的故事消费
然后忘记
说些稀奇古怪的字句
把丑陋的故事掩盖
然后继续
你的良知一直如此廉价
让我无法释怀
我的意识没有清醒
是躲避愚昧的最后行径
或多或少残存的善与智
早已被时代的冲刷淘汰
化作纸做的价值
将人们的心与目与耳堵闭
化作纸醉金迷将舌鼻手斩去
这个时候于现在或曾经
徘徊在觉醒与沉溺
和丑陋的世界相遇

（六十六）
她

她是深秋的落叶，纷飞的不仅仅是残存的温柔，落下的不仅仅是所剩无几的故事与回忆

在凛冬将至之际，似红色的或黄色的不再艳丽

却时常闪耀出光芒，把夕阳深深吸引，成为风的宠儿

飘起之时不曾被注目，落下也不想成为焦点，在残留的绿色中毁掉所有原来属于她的只言与片语

她是深秋的落叶，泛在心间的最后一点片影

她是你抓不住的落叶，她的眷恋早已在盛夏结束之时褪下幼稚乘风没去

（六十七）

在几回波涛汹涌之间
我发现你的心脏不能承受
而我的躁郁是你的寡欢所不能理解
在你至死之时我会凝视
等待你的摧毁让我的世界沉醉
于你的消失，于你的惭愧

（六十八）

城市诺大 原来我的世界很小

外滩很长 是我此生所爱之人无法填满之地

行人渐老 我的孤单和河风一起乱吹

被漫漫人群遗忘的不过是我的想法

被我忽略的还有你们的表达

是冬天的嘴唇干裂或是唇膏不够润柔

或存活的意义不够 不知道何时坠落水中

耳边被吼叫声填满

无法真的清醒也无法改变自己的步伐

在一摇一曳恍恍惚惚

是城市的繁华让我变得散漫

也可能是我的散漫让你离开得更久

无法归来的无非是归期或是归属

无法归来的无非是我的自由

（六十九）
她

在音乐的蔓延中

冷空气的刺激里

她是新时代的浪漫

是旧时代散漫

过着为金钱迷茫

为了尊严彷徨的日子

如歌声中的哼声相伴随

追着黄浦江边的邮轮

与水中的白浪撒泼在阳光的日子里

在黑夜涂上厚厚的浓重前

炙热的太阳将退去的夜晚里

她是白日下的人

却在孤独中成为孤魂野鬼

灵魂透体而出

虚弱地呢喃着生存

如呻吟之间的呢喃

追着路上闪过的尾灯

红色的刺灼双目

依旧浪荡在街角企图寻找答案

她是你心中的玫瑰

花茎上的刺不是痛苦

是爱情的落泪

她是你爱情的颓废

泪痕无法遮去的狼狈

附

如果我眼泪落下之后是否会有彩虹

如果你还记得

如果她被风吹落

如果爱让人着迷，请将我的眼睛遮住

如果你的人生如同你的思想一样

如果这碗茶能将你的心灵洗净

如果花下残留

如果是有怎会被小事所困扰

如果今夜还有留念

如果爱情是舟

如果你离我远去

如果曾经相遇，那是三生的荣幸

如果空无一物，怎能以音声求佛

如果我能看破诸相

如果你的人生如同你的思想一样狭隘

如果我需要救赎

如果我被生活所禁锢

如果我命不久矣

后记

人们在诞生初始，便搭乘了一辆公交车，此路之上有无数的人即将登上，也有人即将下车，都是一条不归的去路。其中的人们，有些成为了司机师傅，开着，驾驶着，引导着；有些人成了坐着的乘客，看着，欣赏着，观察着；大多数人站着的乘客，等候着，毫无怨言着。累的就扶着，不累的便挺着，担忧的则在注视着，无所谓的则是放松着。我在那年登上了车，不知向何处去，却是坐着的那些人中的一者。有幸去欣赏这几站路上的风景，随波逐流等待着每一位站在我身边或坐在我身边曾经或还在挣扎着的朋友，期望能和他们搭上一句话，即将成为她或他下车前我们的最终交汇。无论是怎样的路，怎样的搭车人，都被我看着，被我写在我的文字里，成为我路途的体会。或许有光透过车窗刺痛了我的眼睛，或许有深夜的路灯无法温暖我的时刻，但都是我路途中必经之处。或许有颠簸，或许是坦途，或许这个弯拐在了错误的时间成就了对的路，也或者对的目的地并非是所有人的归途。所谓的生活，与我而言皆为一生所见所感，所有的痛苦与快乐未尝不曾是享受。我想大家都能够想着看着，从我的文字里了解我的路途中的困惑。终究会在某年某天的某个时辰，我将遇到与我相伴旅程之人，又于某年某天的某时我将踏下这趟班车，和我的记忆说再见。那时 我想让我的三克灵魂不会后悔没曾经历过。